Y. 5492.

.Gu.

I0686213

LES VICTIMES
DE
L'AMOUR VERTUEUX
DANS L'UNION
DE MONSEIGNEUR
LE DAUPHIN,
DE MADAME
LA DAUPHINE,
DE LA REINE,
ET DE LA MAISON ROYALE.

POËME

PAR M. L'ABBÉ DE CHAMPAGNÉ, Chanoine à Lisieux.

A CAEN,

Chez G. LE ROY, Imprimeur du Roi,
Rue Froide-rue.

M. DCC. LXVIII.
AVEC PERMISSION.

LES VICTIMES

DE

L'AMOUR VERTUEUX

Dans l'union de Monseigneur LE DAUPHIN, de Madame LA DAUPHINE, de LA REINE, & de la Maison Royale.

POEME.

Après de ce Tombeau la mort combat encore;
Hélas ! LOUIS n'est plus, & la douleur dévore
    De Josephe le sein.

L'Yonne n'offre plus de charmes dans sa course.
Aux yeux du désespoir, quelle est ici la source
    Qui coule sans venin ?

Aux cris de ses Rois, fort de sa chaîne frivole
Le François citoyen ; en ces lieux il s'immole
    A sa juste douleur.

A

Ses Rois font à fes yeux le nœud de la Patrie.
Sur le cœur des Bourbons il affure fa vie,

Ses biens & fon honneur.

Des poifons de Circé la puiffance funefte
N'excite point fes pleurs, mais les charmes d'un Cefte

Jufte & pur dans fes nœuds.

Ce Peuple de la mort bravant l'éclat funébre,
Sent ici tout le poids d'une union célébre

Qui combloit tous fes vœux.

Amour pur, éternel, c'eft fous tes feuls aufpices,
Que les Mortels fe font les plus grands facrifices

Dans un torrent de paix.

Mais un charme fecret, charme plus que Stoïque,
Seul fait porter ta voix dans un cœur Héroïque,

Tout percé de tes traits.

Ah ! daigne m'infpirer. Ton langage fublime
De Jofephe eft connu. Cette tendre victime

S'immole à tes appas.

En ton nom, fur fon cœur éprouvant ta puiffance,
De l'homme bienfaifant je peindrai l'innocence

Regnante dans tes bras.

Ouvre aux yeux des Sujets des Rois le cœur fublime;
Et manifefte aux Rois de leur Peuple l'eftime,

Le refpect & l'amour.

Que le Peuple s'inſtruiſe en pleurant ſur ſes Maîtres,
Et recouvre l'eſpoir dont le flattent ſes Prêtres
   Dans ce triſte ſéjour.

Je vois, tes nouveaux traits ſur une autre Alcyonne;
Mais tu peux la calmer par le plaiſir que donne
   Ton empire ſur nous.

Environne ſon cœur de ta fidéle image:
Montre lui ſes Enfans, ſon Epoux, ſans nuage,
   Sous l'aſpect le plus doux.

Déja mon cœur comprend l'empire de ta flamme:
D'un Ami dans ſon ame on n'apperçoit que l'ame,
   Et elle ſeule y plaît.

Le plaiſir eſt gratuit dans la reconnoiſſance;
Dans un autre que ſoi mettre ſa complaiſance
   Eſt ſon ſeul intérêt.

Un Ami n'eſt jamais le premier à s'entendre,
A ſe voir en lui-même, & loin d'un Ami tendre
   Dont l'image le ſuit.

N'aimer que par l'attrait de l'amour de ſoi-même,
Eſt trahir de l'amour la volupté ſuprême,
   Et dégrader l'eſprit.

François, d'un noble amour renouvellant l'hommage,
Près de Joſephe encor ranime ton langage,
   Ton eſpoir, ton retour.

Citoyenne & Epoufe, elle eft encore Mere ;
Elle prête l'oreille à la voix familiere
Que nous donne l'amour.

Ah ! l'amour dans Jofephe aveuglé par fa flamme,
Sous la faux de la mort refferre dans fon ame
Les doux nœuds qu'il a faits.

Elle entrevoit L O U I S & fenfible & foumife ,
Regardant fes Enfans , d'une main indécife
Se couvre de Cyprès.

A l'afpect d'un Epoux fon tendre amour s'irrite,
Auprès de fes Enfans il s'arrête, il héfite
De nœuds environné.

Ah ! qui fera pencher une chaîne fi chere ,
Ou les nœuds d'une Epoufe, ou les nœuds d'une Mere,
Dont il eft enchaîné.

Telle la prompte Aurore anime encor la feve
Qui foutient, dans nos fleurs , le doux émail qu'acheve
Le regard du Soleil.

Telle d'un tendre Epoux , en embraffant la cendre,
Jofephe en fes Enfans fe hâte de répandre
Le germe du Confeil.

Princeffe , éloigne-toi d'un tombeau fi funefte,
L O U I S vit dans l'Etat , l'Etat qui te l'attefte,
De L O U I S eft la voix.

Ecoute d'un Epoux la fageffe immortelle
Dans l'Etat allarmé qui, pour lui, te rappelle
    Et fes nœuds & fes droits.

Les traits du zele ardent, qui fourdement blefferent
Ce vertueux Epoux, dans ton fein s'arrêtérent
    Par le même lien.

Mais ces Enfans chéris, que t'offre fa juftice,
Souffrent de tes douleurs & de ton facrifice
    Condamné par le fien.

Mere qui, confacrée à leur virile enfance,
Rendis un enfant homme avant l'adolefcence (*)
    Qui dévoile le cœur.

En toi rends-leur un Pere; à fes traits attentive
Tu peux les leur tracer avec l'empreinte active
    D'un exemple flatteur.

Lavauguion, fûr écho d'une vertu fincere,
S'empreffe à répéter la leçon que leur Pere
    Confacra par fa mort:

Qu'au milieu des flatteurs, dont ils feront l'idole,
Ta maternelle main doit être leur bouffole,
    Ton cœur être leur port.

Que jamais à tes yeux un Teftament fi fage,
T'affurant de LOUIS le plus fenfible hommage,
    Ne puiffe être effacé.

[*] Le Duc de Bourgogne.

Que le plus vif amour, citoyen dans ton ame;
Auprès de tes Enfans relevé de fa flamme
  Le miroir renverfé.

Tu ne trompas L o u i s qu'en fon danger extrême,
Par tes foins vigilans, le partageant toi-même,
  Sans le faire entrevoir

L o u i s doit retrouver une Epoufe auffi chere,
Difois-tu, mais l'Etat en lui perdroit un Pere
  Qu'adore fon efpoir.

Ce magnanime amour peut-il être un obftacle
A l'honneur, au devoir, de te rendre l'oracle
  Des Princes & des Rois.

L'Enfant croit voir encor couler d'un fein fertile
Le lait qui l'a nourri, quand de ce fein utile
  Pour lui coulent les Loix.

Les Enfans des parens font la plus fûre image;
Ils lifent dans leurs yeux, ils prennent leur langage,
  S'animent fous leur main.

Lorfque le moindre fouffle a fur eux quelqu'empire,
Sous celui des vertus on les verra fourire
  Dans un regard humain

Pour les Enfans des Rois eft le plus heureux germe;
Mais dans un champ fécond il brille ou fe referme
  Dès le premier inftant.

S'ils n'apprennent bientôt que leur ame eſt ſujette,
La nature eſt pour eux toute entiére muette ,
    & leur ſang fait leur rang.

Apprens encore aux tiens , généreuſe Princeſſe ,
Que les Grands de l'Etat recoivent leur nobleſſe,
    Qu'elle brille avec lui ;

Que celle de l'Etat de la leur eſt la gloire ;
Que , ſans elle , leur nom n'eſt qu'un luſtre illuſoire,
    Sans force & ſans appui.

Que les Grands ſont pour nous une ſource commune ,
Où chacun va puiſer ſes mœurs & ſa fortune
    Et ſa relligion.

Qu'un Grand d'un mot corrompt cette ſource publique ,
Dont la moindre vapeur devient épidémique
    Pour une Nation.

Rendue à tes Enfans, cimente encor l'hommage ,
Que du François ton ſexe a reçu d'âge en âge
    Avec fidélité.

Qu'il abandonne l'art d'embellir des Statues
Pour celui de créer des ames convaincues
    De leur fécondité.

C'eſt à toi d'imiter l'ingénieuſe Reine ,
Qui ſçut parmi les jeux changer en Souveraine
    La ſcene des talens.

A l'efprit allia la nobleffe des Graces ;

Eclaira, dans l'Empire animé fur leurs traces ,

Le goût des fentimens.

Telle fut à nos yeux la fource fi féconde

De nos Arts enrichis. Le goût qui les feconde

Leur donne un nouveau jour ;

Et ce goût foutenu par le plus pur commerce ,

Chez l'un & l'autre fexe avec fuccès s'excerce ,

S'éleve tour à tour.

La femme eft toujours homme où l'homme fait être homme ;

Le goût, qui les unit, entretient & confomme

Le folide bonheur.

La moitié de toi-même au vrai droit de te plaire ,

François, unit encor celui de fatisfaire

Ton efprit & ton cœur.

Chere par les liens d'un retour qui l'enflamme ,

Tu la vois libre encor, & tu tiens de fon ame

Et tes nœuds & fa main.

L'hymen ne connoît point de fers qui la captivent ;

Mais charmé des vertus qui près de toi la fuivent,

S'applaudit d'être humain.

Plus tu fçus diftinguer cette moitié fidele ,

Moins le barbare goût, qui fuit toujours loin d'elle ,

Vengea fes juftes droits.

Toujours le plus humain des Peuples de la terre
C'eft toi qui les polis ; c'eft toi qui les éclaire
   D'une commune voix.

Peuple doux & actif, tel qu'un peuple d'Abeilles,
Chaque jour pour les fleurs tu vis , tu te réveilles
   Dans un murmure heureux.

Dans un commun accord ce généreux murmure
Eclate dans ton fein , & force la nature
   Pour tes Rois glorieux.

Que le Cenfeur ingrat des vertus fociales ,
Dans le tableau trompeur de Loix moins qu'animales ,
   Déguife nos accords ;

Qu'il nous place au-deffous des Lyons des Reptiles ,
Qui fentent le plaifir , dans de communs azyles ,
   De compofer un corps.

Le François n'eft jamais indigne de lui-même ,
De l'homme il fait s'orner du facré diadême
   Dans la fociété.

Ses mœurs, plus que les Loix , cimentent fon empire ,
Par fon exemple feul le François fait profcrire
   L'infenfibilité.

Princeffe , c'eft ce Peuple aujourd'hui qui t'implore ,
T'exhorte à raffermir des talens qu'il honore
   Le canal inconftant.

Son cours impétueux, près de toi, sans licence;
Oublia d'imiter, vaincu par l'innocence,
  La lave d'un Volcan.

Jusques sur ces Cyprès, Françoise, Epouse & Mere,
Tu dois sacrifier une douleur amere
  Aux nœuds de ce lien.

Dans ce lien puissant reçois encor la vie;
Fidele à ton Epoux, redonne à la Patrie
  Un aimable soutien

Louis le Bien-aimé toujours Roi, toujours Pere,
Se nomme ton Ami, ton Epoux, sois lui chere
  Jusques dans ses bienfaits.

Fais-lui sentir encor cette commune yvresse,
Qu'un Pere & des Enfans trouvent dans leur tendresse
  Et leurs vœux satisfaits.

Pour une Auguste Mere & des Sœurs malheureuses
N'accrois point le danger des chaines douloureuses
  Du plus tendre intérêt.

Permets-leur de fermer ta mortelle blessure,
Pour goûter avec toi cette tendresse pure
  Dont leur cœur se repait.

Mais l'amour coule encor en poison dans tes veines;
Oppose à ses douceurs dangéreuses & vaines
  L'espoir le plus flatteur,

Cet efpoir que produit la fageffe immortelle
Auprès d'un Citoyen qui , couronné par elle ,
     Triomphe quand il meurt.

Tu le vois de Louis le triomphe profpere ,
Loin de l'infâme Autel du Héros fanguinaire
     D'un Peuple dans les fers.

Que ce Peuple prodigue un encens qu'il abhorre ,
Notre encens pour Louis eft l'amour qui l'honore
     Au gré de l'Univers.

Rome , au bruit de fa mort , pleurant la République,
Eût gravé , fous fes traits , la piété publique
     Du jeune Fabius ;

De fon nom eût orné le trifte Capitole
Rome aujourd'hui le voit , fe plaît & fe confole
     Dans fes feules vertus.

Staniflas , par fes dons , plus grand que la fortune ,
Au-deffus des revers d'une gloire commune ,
     Ne pleura que fon Fils.

Les pleurs qu'il refufa de verfer fur lui-même ,
Les pleurs des meilleurs Rois font le tribut fuprême
     Des vertus pour Louis.

Ce Prince fe cacha fous l'ombre domeftique
Du Trône & des Autels , & fa pompe publique
     Eft fa mort & nos pleurs.

Mille triftes échos répondent au fuffrage
Du Roi le Bien-aimé, dont ce fincere hommage
  Eft le cri de nos cœurs.

Dans mon fils, chaque jour, ma jufte complaifance
Développa des traits dignes de la naiffance
  D'un Chrétien & d'un Roi.

La mort, dans ce cher Fils, ne vit fervir fa rage,
Qu'à peindre en fes horreurs une plus vive image
  De tendreffe & de foi.

Vous, Sacrificateurs de notre unique Hoftie,
Satisfaites par elle à l'ombre d'une vie
  Semblable au plus beau jour.

C'eft le feul Sang d'un Dieu qui calme fa juftice;
Que fa voix, pour mon Fils, à la votre propice,
  Réponde à mon amour.

Mais, nos cris font-ils vains ? Jofephe n'eft remplie
Que de ces vifs tranfports qui foutenoient la vie
  De Louis en danger,

La découvroient aux traits de la mort menaçante;
Que cet Epoux fouffrant fa main foible & tremblante
  Paroiffoit difputer.

Il n'eut à défirer des feux de fa tendreffe,
Que le calme des pleurs, mais l'amour qui la bleffe,
  Eft l'excès de l'amour.

Livrée à ſes ſanglots, cette Epouſe fidele
Ne lui répond encor que par la voix mortelle
    Du plus ardent retour.

O Tendre Epoux, dit-elle, ô charme de mon ame,
J'entrai dans ton tombeau le jour que de ma flamme
    Je ne vis plus l'objet.

Reçois ce tendre cœur trop plein de ta mémoire,
Pour ceſſer avec toi de partager la gloire
    D'un ſeul & même attrait.

Puis-je revoir encor, dans ma douleur profonde,
Les richeſſes, l'éclat, & les charmes du monde ?
    Tout s'éclipſe à mes yeux,

Et la nuit de la mort, en fermant ma carriere,
Me laiſſe appercevoir une douce lumiere
    Sur ton ſein radieux.

Quand un Pere, une Mere, au gré de la tendreſſe
Conduiſent nos Enfans, de ta haute ſageſſe
    Je les laiſſe héritiers.

Déja leur tendre ardeur, ſur tes traces ſublimes,
Apprend par tes écrits à moiſſonner ſans crimes
    De durables lauriers.

L'un à l'autre déja ſe plaît à rendre hommage
Sur ſon ambition pour l'heureux héritage
    Qu'ont formé tes vertus.

On n'a point, fur leurs pas, à craindre le tonnerre;
Ce font de doux zéphirs qui confolent la terre
  Des biens qu'elle a perdus.

J'ai recueilli pour eux ces fleurs qu'a fçu répandre
L'amour fur ton tombeau. Qui peut mieux leur apprendre
  A régner fur les cœurs.

En Mere, de ta mort en leur traçant l'hiftoire;
Je leur montrai le but de la folide gloire:
  Je fuis Epoufe & meurs.

Epoufe magnanime, ah! reconnois ta mere;
Entens fa voix plaintive. Oui, ta douleur amere
  Hâte fon dernier jour.

C'eft à moi de mourir: c'eft à moi, te dit-elle;
Te livrant à la mort, tu la rends plus cruelle
  A mon fatal amour.

Tel l'arbre chancelant que le vent déracine;
Telle à tes yeux, je fuis de ma prompte ruine
  Le dangéreux penchant.

Tu fçus la prolonger de mon Fils la carriere,
Tu le feras revivre en ta famille entiere:
  Oui, ma Fille eft mon fang,

Sur celui de mon Fils j'implore ta tendreffe
Que ne puis-je évoquer, au fein de la trifteffe,
  Les manes de Louis.

       Hélas!

Hélas ! tu le verrois , pour calmer mes alarmes ;
L'excès de ma douleur , te reprocher tes larmes ,
  Et te rendre tes Fils.

Ah ! ma Fille pour eux reconnois tes entraves ;
Des vertus des Enfans les Meres font efclaves ,
  Ne l'es-tu plus pour eux.

Leur Pere l'eft encor , & dans une ombre obfcure
Dominant ton amour , ainfi que la nature ,
  Il fe montre à tes yeux.

Diffipe ces langueurs où la douleur te plonge ;
Oui , tu vois ton Epoux , & ce n'eft point un fonge ;
  L'amour forme fes traits.

Pour toi fon doux pinceau n'eft jamais illufoire :
Louis tient dans fes bras un Enfant plein de gloire ;
  Te rappelle à la paix.

Par cet Enfant fi cher , dont la premiere étude (*)
Fut celle de vos cœurs , & dont la gratitude
  Fut celle d'un agneau ,

Il te rappelle encor le doux plaifir des Meres ,
Et cet Enfant fenfible , en faveur de fes Freres
  Fait tomber ton bandeau.

Une Mer de la terre aux fecouffes livrée ,
Dans un calme incertain n'eft pas plutôt rentrée
  Avec l'éclat du jour ,

[*] Le Duc de Bourgogne.   C

Que le Peuple abbatu , le cœur plein d'amertume ,
N'a recouvré la paix , au flambeau que rallume
     L'hymen dans ce féjour.

Ce fpectacle t'anime , il parle à ta tendreffe ,
Appaife les ardeurs de ta fatale yvreffe
     Dans un calme enchanteur.

Louis va triompher , au milieu des délices ,
Des doux nœuds de l'hymen , dont les attraits propices
     Renaiffent dans ton cœur.

SECOND CHANT.

QUEL tableau , tendre Epoufe ! au calme qu'il t'infpire
On apperçoit encor de ton Epoux l'empire
     Jufqu'en l'ombre des morts.

Avec toi je pénétre au Temple de Mémoire ,
Où de Louis voyant les faftes & la gloire,
     Tu revois tes tréfors.

Là les vrais Citoyens , fans haine & fans ombrage ,
Ne voyent dans leurs faits qu'un feul & même ouvrage,
     Du Peuple le bonheur.

L'efprit National , généreux & modefte ,
Applaudit à Louis , & d'une voix attefte
     Sa folide grandeur.

Mille Montmorenci, du Guefclin & Sancerre;
Condé, Turenne, Harlay, tout Héros populaire
 S'inclinent devant lui.

Ils le verront toujours d'un œil de gratitude;
Vrai Roi par fentimens, vrai Roi par l'habitude
 De former notre appui.

Le plus faint de nos Rois auprès de toi s'avance;
Jaloux de triompher au fein de l'innocence
 Dans fa poftérité.

Pour toi, plus que l'amour, il va rendre vifible
Cet Epoux qu'à tes yeux rend encor acceffible
 Ton amour irrité.

Que ce noble fpectacle a fur toi d'influence:
Oui, tu fembles encor renaître pour la France,
 Comme pour ton Epoux.

Telle une jeune fleur fort de fa tige & brille;
Telle tu fors des bras d'une augufte Famille,
 Pour régner parmi nous.

Le plus aimé des Rois, le plus tendre des Peres
T'appelle pour t'unir des chaînes les plus cheres
 Au bonheur de Louis.

A leur empreffement, & fur ta renommée,
Sçait-on de qui des deux tu feras plus aimée,
 Ou du Pere, ou du Fils?

Déja ton cœur uni par un aveu fincere,

T'offre avec un Epoux, dans leur amour, un Pere,

Une Mere & des Sœurs.

Le François applaudit à l'hymen qui t'appelle,

Qui doit de ton Epoux, dans une paix nouvelle,

Sécher les juftes pleurs.

Tu le vois cet Epoux, mais il verfe des larmes

Qui te peignent un cœur encor rempli des charmes

Que tu dois remplacer.

Quel augure ! quels pleurs ! Une premiere Epoufe

Les arrache à LOUIS, & toi tu n'es jaloufe

Que de les voir couler.

Cet amour enchanteur, bien loin de te confondre,

Te rappelle des droits capables de répondre

De fes nouveaux liens.

Pour qui rend en fa foi le plus conftant hommage

A l'amour des vertus, fa foi même préfage

L'amour & tous fes biens.

Tu fens avec LOUIS une feconde vie,

Dans les fruits de tes vœux elle fe multiplie,

Semble créer l'amour.

Que l'hymen eft heureux fous de pareils aufpices,

Ses jours font ceux d'Eden, il en fent les délices,

Et fa vie eft un jour.

Tu vois les fruits charmans de ta flamme immortelle ,
Des Enfans attachés par ta main maternelle
  Sur ton fertile fein.

Ton Epoux te les offres au gré de ta tendreffe ,
Et rend , par ces tributs , hommage à ta fageffe ,
  Ainfi qu'à fon deftin.

Lorfqu'on voit de l'hymen la difcorde cruelle
Déchirer les drapeaux, muette devant elle
  La tendre amitié fuit.

Le fort le plus heureux bientôt s'altére ou change ;
On ne connoît plus l'or au milieu de la fange ,
  Ni le cœur dans l'efprit.

Aux yeux des fens trompeurs , les nœuds de l'hyménée
Souvent font ceux d'un jour ; telle eft leur deftinée
  D'enyvrer d'un rayon.

Le refpect feul pouvoit éternifer leurs charmes ,
En les réuniffant dans deux cœurs fans allarmes,
  Libres fans trahifon.

Du cœur la confiance eft le tréfor paifible ,
Et·fon charme fouvent rend un traitre invifible ;
  Confole de fes traits.

Une augufte Famille avec vous la partage ,
Des amis éprouvés trouvent dans fon fuffrage
  Le comble des bienfaits.

Le monftre fier des droits de fa feule puiffancé
Qui dans fes vains replis étouffe, à fa naiffance ,
    L'amour en fon poifon.

Ce monftre fous vos pas, l'ingrate jaloufie ,
Envain toujours forti d'un cœur qui l'humilie,
    Brille de fon limon.

Mais , envain près de vous triomphant il fe gliffe ,
Se flatte de donner une main directrice
    Et des yeux à l'amour.

Brûlé plus qu'éclairé d'une flamme captive ,
Il n'apperçoit la paix de l'ardeur la plus vive ,
    Que fous le plus faux jour.

Il fçaura s'illuftrer par fa cruauté même ,
Prendre de la fureur le fanglant diadême
    D'un aveugle Tyran.

Il aimoit , dit l'orgueil, mais il aimoit en maître ,
Il vouloit être aimé ; c'étoit à lui de l'être ,
    Il a vengé fon rang.

Retire-toi , cruel , auteur de tes fupplices ;
Tu n'as jamais connu de l'amour les délices ,
    Les droits & les fermens.

Péris au doux afpect de deux Epoux finceres :
Leurs liens font pour toi des chaînes trop ameres
    De feux toujours conftans.

Le plus beau jour commence à naître avec l'aurore;
Fuyant, diffipant l'ombre, il s'embellit encore
  Du calme des zéphirs.

Ainfi l'amour conftant dans un hymen fidele;
Epoux, ne laiffe en vous qu'une voix qui rappelle
  Le cours de fes plaifirs.

O ténébreux cahos que l'immenfe fortune
Ne put jamais remplir; ô Cour qu'elle importune,
  Connoiffez ces plaifirs.

La prodigue amitié n'enfante point les votres;
Leur tréfor retreci n'eft point celui des autres,
  Il l'eft de leurs foupirs.

Vous Epoux, vous fentez les nœuds de la nature;
La foif toujours nouvelle & le charmant murmure
  D'un cœur fait pour aimer,

De ce plaifir flatteur raffafiant votre ame
Tout en reffent les feux, & leur conftante flamme
  Ne peut les confumer.

Ainfi que d'un regard toujours ferme & tranquille,
Sur les flots de la mer le plus divin mobile
  Peint le calme des Cieux.

Dans le trouble des Cours, imitant fon exemple;
On croit jouir de vous, & voir s'ouvrir le Temple
  De la paix fous vos yeux.

Sous un fceau tout divin , le refpeſt plein d'eſtime
Eſt d'un durable amour l'intérêt légitime ,
   Il en eſt l'aliment.

Epoux , vous épuiſez , fans dégoût , fa tendreſſe ,
Et faites prononcer d'avance à la vieilleſſe
   Votre premier ferment.

O ſpeſtacle enchanteur ! Sur une trace égale ,
Sur vos pas la grandeur n'eſt jamais la rivale
   De la ſimplicité.

Tout votre éclat ſe perd dans une ombre propice ,
Où le plaiſir guidé ſuit , avec la juſtice ,
   La magnanimité.

Vous ne connoiſſez point cette grandeur obſcure ,
Qui laſſe des ſentiers de la droite nature ,
   Sappe ſes fondemens;

Et avec le flatteur , dont l'honneur l'annihile ,
Se cache à la Patrie , & reçoit d'un reptile
   Et les vœux & l'encens.

Vos yeux ne craignent point les yeux de la Patrie ,
Ils y liſent toujours les traits de votre vie ,
   Empreints par le refpeſt.

Non , ce n'eſt point à vous , par un regard terrible ,
A détourner le notre. Un cœur pur & ſenſible
   N'offre qu'un doux afpeſt.

Imitez,

Imitez, imitez une fource, conduite
Par la pente rapide, où fa belle eau s'agite
  Dans un défordre heureux,

Où, loin de s'épuifer, elle coule, repofe,
Se précipite encor fur les champs qu'elle arrofe,
  En fe perdant en eux.

Telle je vois briller votre pure allégreffe
Dans ces charmans loifirs, où de votre tendreffe
  Vous fuivez les fentiers,

Semblez perdre vos droits fur la reconnoiffance,
Par des traits de bonté dont la libre affluence
  Efface les premiers.

Plus actifs que l'abeille au fein des fleurs nouvelles,
Vous fuivez tous les traits des Citoyens fideles
  Au Ciel, à l'homme, aux Loix;

Attentifs aux recíts de l'homme incorruptible,
Sentez, en lui prêtant une oreille fenfible,
  Le plaifir des grands Rois.

Epoufe, en ces momens, tu jouis fans mefure
Des plaifirs vertueux, dont le calme procure
  Le régne le plus fûr,

Fait fentir en Louis à la Cour, à la France,
A fes plus fiers Rivaux, ce goût de bienfaifance
  Qui naît daus un cœur pur.

        D

Mais dans un cœur humain s'éleve la vaillance ;
Elle va dans Louis d'une augufte clémence
  Seconder les efforts ,

Sans laiffer , dans fa main favorable à la terre ;
Ses traits , fa foudre errer tels qu'un leger tonnerre
  Dont l'air fait les refforts.

Noble Epoufe avec lui partage l'héroïfme ;
Qui fans peine , fans fers forme le defpotifme
  Du régne des amis.

Il prépare en héros les fentiers de fa gloire,
Arme de nouveaux traits , & rend à la victoire
  Ses plus chers favoris.

Il fait que le Héros du Héros doit defcendre ;
Et que d'un Scipion on voit naître en la cendre
  Un autre Scipion.

Il foutiendra fes pas dans la race immortelle ;
Qui fans armes rougit , victime de fon zèle ,
  De fon inaction.

Sur l'immortalité fondant fon appanage ;
Elle fe renouvelle , au milieu de l'orage ;
  Prodigue de fon fang.

Au milieu des douceurs d'un repos profitable ;
Elle a vu mille noms fur un faîte peu ftable
  S'éteindre dans fon rang.

Nobles Fabricius, ne cédez plus enfemble
Et vos noms & vos champs. Louis qui vous raffemble
  Ranime votre efprit.

Il offre à vos Enfans l'honneur patriotique
D'un nom qu'ils ont reçu, comme le gage unique
  Dont l'Etat s'enrichit.

L'honneur chez le François renouvelle fa force ;
Il combat pour lui feul, & s'il en perd l'amorce ;
  Il fe donne des fers.

Dans un Peuple nombreux fans armes la richeffe ;
En formant des Xercès, entretient la moleffe
  Voifine des revers.

Dans un gain mercenaire, oubliant fa patrie ;
L'Ordre Equeftre Romain fouille la Theffalie
  De fon fang corrompu :

Sous les pieds de Cæfar il inonde Pharfale ;
Où, la Reine des Rois, Rome, même eft fatale
  A Rome fans vertu.

Vous, Enfans des Héros, foyez leur récompenfe.
Monumens immortels, que confacre la France
  A l'honneur de leur nom,

C'eft à vous d'annoncer à jamais leur mémoire ;
Par de nouveaux exploits qui confacrent leur gloire
  Sur votre illuftre front.

Ces noms qui font pour vous une nouvelle vie
En ranimant l'honneur, enflamment la patrie,
   Dignes d'elle & de vous.

Allez, fachez jouir d'une gloire commune;
Partagez de Louis les travaux, la fortune
   Et le noble courroux.

Nés de l'Etat, du Roi les premieres victimes,
Dès le berceau formés fur les traces fublimes
   Du fang de vos Ayeux,

Allez, entretenez ce feu qui vous dévore,
Dignes de commander, obéiffez encore;
   Louis eft fous vos yeux.

Suivez avec ardeur cet héritier du Trône,
Qui, proche de fon Roi, ne voit que la couronne
   De l'immortalité.

Bravant les traits mortels qui menacent fa tête,
Fontenoi, tu le vois, frémis, rien ne l'arrête
   Que fa fidélité.

Sourd au bruit de la mort, le feul ordre d'un Pere
Se fait entendre à lui, le fubjugue, modére
   Son intrépide ardeur.

Cet ordre qui l'arrête au milieu des alarmes,
En lui faifant fentir tout le prix de fes armes,
   Fait frémir fa valeur.

Tout le camp retentit des plus nobles prodiges ;
Le François combattu , fur fes fanglans veftiges ,
  Ne craint que pour fon Roi.

Dans ces feux , fous ces coups , où tout paroît victime ,
Dans ce danger , LOUIS d'un terme légitime
  Souffre à peine la loi ;

Mais fes tranfports , formés par l'humanité même ,
Se calment à l'afpect du brillant diadême
  Des illuftres Vainqueurs.

Il adore , il chérit la main de la victoire ,
Couronnant dans fon Roi le defir de la gloire
  De vaincre tous les cœurs.

Un camp couvert du fang d'un ennemi terrible ,
Aux yeux du Roi vainqueur , pour lui-même infenfible,
  N'offre que des François.

On n'enchaînera point , à fon char , l'infortune ;
Pour l'ennemi , les fiens , fa grandeur eft commune ,
  Ses larmes font fes Loix.

LOUIS voit , en fon nom , les haines étouffées ,
Offre de recueilir , à ce prix , fes trophées
  Au milieu des hazards.

Un Roi , dit-il , eft Roi , quand d'une main avare
Du fang de fes Sujets , par le fien il répare
  Ou foutient leurs remparts.

Guerriers, ravirez-vous le votre à la Patrie?
C'eſt plus qu'au prix du ſien, que LOUIS apprécie
    Celui qu'elle répand.

L'honneur eſt-il vengé par l'aveugle vengeance?
N'eſt-il point à vos yeux de Juges dans la France
    De l'honneur & du rang?

Violer, par honneur, les Loix du cœur, d'un Maître,
Du Ciel, de la Patrie, eſt le devoir d'un traitre,
    Et non de la valeur.

Qui ſe compte pour rien, eſt digne de ſupplice;
A ſes reſſentimens, à l'aveugle malice
    Qui s'immole, eſt ſans cœur.

Mais, cet honneur cruel qui déguiſe ſes trames,
Ne peut point dominer dans les plus nobles ames,
    Qu'en Tyran condamné.

Sous les yeux d'un Bourbon, une ardeur magnanime
Vous conduira toujours vers le laurier ſublime,
    Dont ſon front eſt orné.

Dans les jeux belliqueux qu'entretient la victoire;
LOUIS apprend à vaincre, & à couvrir de gloire
    Un champ qui le chérit.

Puiſſe-t-il réveiller en ces jeux tous leurs charmes;
Sans les rendre ſanglans, répandre ſur nos armes
    De nos Ayeux l'eſprit,

Plus grands que les Romains , tous vainqueurs dans l'arène ;
Nos Guerriers à l'envi retrouveront , fans peine ,
  Leurs travaux dans leurs jeux.

De jeux & de plaifirs le François idolâtre ;
Sans s'énerver encor , reverra le théâtre
  De l'Etat vertueux.

Mais fouvent la valeur dans la pompe eft éteinte ;
Sur le bouclier feul la nobleffe eft empreinte
  Par la fidélité.

Sur le fien feul Louis éclairé fur la gloire ;
Releve avec éclat , fans fafte , fa mémoire ,
  Son nom , fa dignité.

Il n'eft point amolli par le luxe ftérile ;
Qui change en appareil d'une terre fertile
  Les fruits prématurés ,

Et donne un nouveau cours au rapide Pactole ;
Pour y précipiter d'une main plus frivole
  Ses Héros égarés.

Tel le faux diamant dont la lueur trompeufe
Préfente un faux éclat , dans une eau radieufe ,
  A nos yeux éblouis ;

Tel le luxe trompeur , dans fon éclat extrême ;
Remplace les vertus , couvre , anéantit même
  L'éclat de leurs débris.

Ce n'eſt point ſous ſes loix que nos nobles Ancêtres
Enſeignoient à ſervir, à couronner leurs Maîtres;

  Leur gloire étoit leur prix.

Nos camps & nos remparts étoient leurs doux azyles.
Furent-ils des Hectors, furent-ils des Achilles

  Pour former des Paris ?

Reverrons-nous ces tems où l'aveugle moleſſe
Attendoit l'ennemi dans la fatale yvreſſe

  De ſa prodre grandeur.

Non, la victoire encore méconnoît Alexandre :
L'art d'un Vainqueur eſt l'art d'attaquer, de défendre

  Avec la même ardeur.

Diviſer, réunir, d'un coup d'œil, une armée,
Ainſi qu'une famille à ſa gloire animée

  Par un noble penchant,

Tel eſt l'art qu'à Louis le ſentiment acquiere;
Général & Soldat il ſera la barriere,

  Le rempart de ſon camp.

Broglies, c'eſt avec toi qu'il paroîtra plus qu'homme
Au luxe qui mina d'Athénes & de Rome

  Les ſuperbes remparts.

Qu'avec toi, ſans éclat, la victoire le ſuive :
Il ſent, ſans embraſſer leur moleſſe captive,

  La valeur des Cæſars.

La fienne te demande. Illuftre par fes armes ;
Sa conftance, fa foi, partage les alarmes
  De notre Défenfeur.

Quelle gloire pour toi de partager fa flamme ;
Et de voir dans tes mains voltiger l'Oriflamme
  Que confacre fon cœur !

Près d'un tel Citoyen, rappelles-toi fes larmes,
Lorfqu'à Metz la valeur languiffoit fur fes armes
  Auprès du Roi mourant.

Sentant alors la main de la mort fur fon Pere ;
Il le pleure, & d'un Roi redoutant la carriere,
  Il fe dit un Enfant.

La mort fuit, difparoît : le Guerrier fe ranime ;
Annonce en un inftant écho tendre & fublime
  Louis le Bien-aimé.

Louis régne, triomphe, & fon triomphe eft d'être
Le Fils d'un Roi chéri dont l'afpect fait renaître
  Son Etat alarmé.

Mais, par des nœuds facrés, de ce Roi la juftice
L'arrache à la victoire, & dans une autre lice
  Va diriger fes pas.

Louis non moins Héros, en fe vainquant lui-même ;
De fa main formera fon propre diadême
  Dans de plus grands combats.

Son cœur en devenant fa plus noble carriere,
Va lui montrer des Rois la fragile barriere,
  Les fentiers affermis.

Déja toute fa gloire eft le jufte fuffrage
D'un Pere en Roi jaloux de revoir fon image
  Dans celle de fon Fils.

Il n'altérera point de ce Roi la mémoire,
Maîtrifant à fon gré des Bourbons pour la gloire
  Le défir féducteur.

Par fon Fils adoré, comme il l'eft par la France,
Son Roi ne fera point, flatté de fa puiffance,
  Plus Roi que dans fon cœur.

Le régne citoyen d'un Bourbon, d'un Augufte,
Ne fera point fuivi par le triomphe injufte
  Des Claudes, des Nérons.

Sans adopter envain des Cæfars pour le Trône,
Les Bourbons trouveront, fans choix, pour leur couronne,
  Des Rois dans les Bourbons.

TROISIEME CHANT.

TEL le fûr rejetton d'un majeftueux Chêne
Eleve fes rameaux, fans divifer la chaîne
  Qui le place au grand jour;

Tel Louis, près d'un Pere, à fon gré pronoftique,
Dans un fage repos, l'allégreffe publique
   Du plus heureux féjour;

Telle auprès du Soleil la lumineufe étoile,
Prête à fe perdre en lui, s'enveloppe, fe voile
   De fon premier rayon,

Tel Louis à nos yeux difpenfe fa lumiere,
Jaloux, en s'éclipfant fous celle de fon Pere,
   De briller fous fon nom.

Ainfi qu'aux champs de Mars, feul fous un doux feuillage
Occupé de l'Etat, il en reçoit l'hommage
   D'un triomphe nouveau.

Au milieu de la Cour trouvant la folitude,
Il faifit les accords qui forment le prélude
   Du régne le plus beau

Pour lui le jour encore paroît dans les ténébres,
Lorfqu'il approfondit les maximes célébres
   Du Patron des Bourbons.

O Pere des François, ton zéle le tranfporte;
Donne lui la douceur & une ame plus forte
   Que celle des Catons.

Savans, inftruifez-vous : qu'à l'œil toujours modefte
D'un zèlé Citoyen, le votre manifefte
   L'exacte vérité.

Vous ne gémirez point d'un zèle infatiable ;
Heureux de feconder la fource invariable
De la félicité.

Sous les yeux de Louis , la politique obfcure
Déja ne peut cacher les nœuds de la nature
Des Rois & des Sujets.

Il pefe avidement les intérêts des Trônes
Dans la jufte balance où le prix des Couronnes
Eft réglé par la paix.

Sous un afpect brillant, l'inquiéte Angleterre
S'annonce fur les Mers, & menace la Terre
D'un bras induftrieux.

D'une rivalité toujours active & fage ;
Louis connoît les fruits , y fixe fon hommage ;
Sans éblouir fes yeux.

Je le vois les fixer fur cette Souveraine,
Dont la main de bienfaits & de traits toujours pleine ;
Se fait craindre & chérir.

Il fe plaît à la voir nouvelle Zénobie ,
Avec fon Roi former la puiffante harmonie
Qu'ils doivent rétablir.

Que lui font doux les nœuds de leur jufte alliance ;
Formés fur ces Autels où l'active clemence
Confole les humains.

Sur ces anciens Autels où l'augufte Sageffe,

Dans les mains de Choifeul confacre leur promeffe;

Comme en fes propres mains.

Ah! qu'à ton gré LOUIS, fous un nouvel aufpice,

Le noble fang d'Autriche au tien fe réüniffe

Sous le même étendart.

Que les diffenfions, dans ce fang étouffées,

N'offrent à fes Héros que les mêmes trophées,

Comme le même char.

Souvent le politique, en une nuit obfcure,

Prêt à développer l'étoile la plus fûre,

Se trompe à fa lueur.

Qu'il en eft de connus par leurs écarts célébres!

Pour qui fait gouverner au milieu des ténébres,

Son étoile eft fon cœur.

Que le flatteur cruel & fécond en fyftêmes,

Offre fous un faux jour, jufqu'en fes débris mêmes,

Les tréfors de l'Etat,

LOUIS voit le foyer du flatteur incendie;

Qui menace les Rois, les Autels, la Patrie,

Dans le cœur d'un ingrat.

Nos Loix ont dans le fien reconnu leur empreinte;

Elles fortent en foule hors de leur labyrinthe,

Et ceffent de gémir.

Elles recouvreront les graces de l'enfance ,
Avec les traits fuivis que leur rend la prudence
   Qui fait les réunir.

Louis, avec les yeux d'un vigilant Pilote,
Qui régnant fur les eaux , foit qu'il vogue ou qu'il flotte ,
   Se rend maître des vents,

Voit qu'un Peuple nombreux, tel qu'un fleuve rapide
S'égare dans fon cours, fi la vertu n'en guide
   La pente & les torrents.

Au milieu des clameurs d'un féduifant délire ,
L'erreur fouple & rebelle offre envain à l'Empire
   De l'or & des Sujets.

L'aîné des vrais Chrétiens , fon Fils plein de fon zèle ,
Pour le Ciel & pour eux , pour l'Empire & pour elle ,
   Vont rejetter fa paix.

Le plus fidele écho , toujours dépofitaire
Des deffeins des grands Rois , jufques chez le vulgaire
   Répéte ces leçons.

Jouiffons de la paix , dans la paix eft la vie,
De la Terre & du Ciel l'union multiplie
   Les folides moiffons.

Avec la vérité dans la même balance ,
L'erreur d'un prix égal livre à l'indifférence
   La véritable foi.

Bientôt l'indifférence accable , eft rejettée ,

Malgré lui par fens alors interprétée ,

  L'homme choifit fa loi.

Le feul trouble du cœur rend le cœur incrédule ;

Il recherche la paix , tandis qu'il accumule

  Les projets de fes fens.

A fes Peres contraire , infidéle à lui-même ,

Sa paix devient fureur , & tout eft anathême

  A fes yeux inconftans.

Alors l'Agneau du Loup s'enyvre de la rage ,

Sur l'Autel renverfé , dans le fang meurt & nage

  Le facrificateur.

Impie , arrête enfin ta main vaine , & puiffante ;

Vois peinte dans le fang ton image tremblante

  Qui condamne l'erreur.

Dans un cœur incertain , foible , altier & transfuge ,

Mortel aveugle , un Dieu fera-t'il le réfuge

  Et la paix des humains ?

Il connoît tes tranfports , mais loin d'eux il s'arrête ;

La plus grande union dénote fa conquête ,

  Fixe fes pas divins.

Nous fommes étayés par le faint témoignage

D'un troupeau dont la paix nous tranfmet d'âge en âge

  Un Dieu dans fes liens.

Qui plaint le fort affreux du Juif, de l'Infidéle ;
Doit au moins l'éclairer d'un feu qui renouvelle
    L'union des Chrétiens.

Le mortel a la vie & le plus jufte fouffre,
Il eft un Dieu fouffrant ; il eft un Ciel, un gouffre.
    O merveilleux accord !

Le Ciel fait compatir : de l'indigence même
Le Très-haut s'enrichit, & l'homme eft anathême ;
    S'il n'en eft le tréfor.

L'homme grand à fes yeux, pour le Ciel eft-il homme ?
Sur fon vain tribunal, vois l'attrait qui confomme
    Son orgueil dans les fers.

Tu couvres fes défauts des vertus d'un Socrate ;
Juge plutôt de lui par le penchant qui flate
    Et corrompt l'Univers.

Le Chrift feul réfléchit les rayons adorables
De toutes les vertus, feul change les coupables
    Par la voix de fa Croix.

Sa famille eft divine ; il eft un jufte Pere,
Qui méconnoît un fils qui rejette fon frere
    Et accufe fes loix.

Des Rois toute la gloire eft d'en être les guides ;
D'être des Dieux de paix, & non des Déicides,
    En fomentant l'erreur.

Vérité

Vérité toûjours ftable, apprend nous à connoître,
Contre tes droits facrés, qui veut encor en maître
  Enfeigner notre cœur.

Pure Religion, je te vois fur le Trône
Entre LouIs, fon Roi : l'éclat qui t'environne,
  N'annonce que la paix.

Ils découvrent tes yeux, & ton regard affable
Honore leur candeur, leur pouvoir immuable,
  Et prédit tes fuccès.

L'impiété divife un peuple pacifique ;
On l'adore, on la croit par l'affreufe pratique
  Des fentiers de l'orgueil.

Sans Dieu, fans Loix, fans ame, ardente elle s'agite ;
Mais aux pieds des Bourbons, fa fureur interdite
  Va frapper fon écueil.

Si Dieu qu'elle trahit, la livroit à fon calme ;
Et s'il ne donnoit pas à fa lafcive palme
  Le goût le plus amer,

Sans reffource, fans vie, au fond du noir abyme,
De fes fens fatisfaits elle verroit le crime
  Devenir fon Enfer.

Oui, qui n'eft grand qu'en foi, n'eft grand que dans un fonge,
Où fur un lit de fleurs le plaifir qui le ronge,
  Interroge les Cieux.

Tel qu'un feu dans les airs , fon audace funefte
Brille , paroît ouvrir tout le féjour Célefte
  Pour obfcurcir vos yeux,

Aux cris de l'Univers , oppofant cette audace
Pour paroître innocent , on triomphe à la place
  Du véritable Chrift.

Tu fuis de ces faux Chrifts la trace tortueufe ,
Ils font tes Rédempteurs , ame voluptueufe ,
  Ils font tout ton efprit.

Mais , que l'adorateur de leur régne fenfible
Enchante les fentiers de fon repaire horrible
  Par des fruits féduifans ;

Louis fait éviter fes appas , fa morfure ,
Sans que le doux venin qui prévient fa bleffure ,
  Puiffe rien fur fes fens.

Que fous le mafque propre aux Titans infidéles ,
Ce Vautour affamé réveille les querelles
  Et l'efprit de l'erreur.

Qu'il arme les Autels où le Sauveur repofe ,
De Louis la vertu précéde Théodofe
  Sur les pas du Pécheur.

Un malheureux hazard pour ce Prince eft un crime :
Tyrans , venez le voir l'expier en victime
  De fon humanité.

Venez, que de vos yeux de Louis l'innocence
Puiffe arracher des pleurs. Il pleure par clémence
  Pleurez par équité.

Venez remplir, Chrétiens, le divin Sanctuaire;
Où méprifant la voix ingrate & téméraire
  De la corruption,

Après s'être immolé fur la Croix par fes larmes,
Il vit dans fon Sauveur, y pénétre les charmes
  De fon adoption.

Dans quels divins tranfports de David la fageffe
Renouvelle en Louis, dans une fainte yvreffe,
  Ses chants victorieux !

Oui, des torrens facrés d'une volupté pure,
A la voix de Louis l'unanime murmure
  Nous rapproche des Cieux.

Là, ce Prince établit fes droits fur la couronne;
En ne fixant fes yeux que fur le commun Trône
  De la Terre & du Ciel,

En offrant fes Enfans au Calvaire propice,
Où l'homme, aux pieds de Dieu, creufe fon précipice,
  S'il n'y voit fon Autel.

C'eft là qu'il les dévoue à l'Epoufe facrée,
Qui de fon Rédempteur, à la Terre altérée,
  Ouvre feule le fein.

L'homme ici, leur dit-il, fans rang, fans préférence,
Mais image de Dieu, de fa haute naiſſance
Lit le titre certain.

Vous, tandis qu'en égaux vous partagez les graces
D'un Dieu Pere & victime, en ainés fur fes traces
Soutenez fes Autels.

Méritez vos honneurs par celui de le craindre;
Et de vous efforcer en vous même d'empreindre
Ses attraits paternels.

Titus n'ajoûta point, aux jours de fa puiſſance,
Celui qui dans l'oubli de la bénéficence
Vit éclipfer Titus.

Au flambeau du vrai Dieu, d'une divine vie
Comptez tous les inſtans au Ciel, à la Patrie
Par les traits des vertus.

Fils des Rois, c'eſt en vous que l'auguſte Puiſſance
Doit être nuancée, au Confeil de la France,
Sous le plus doux afpect.

Auprès de votre Roi, tels les feps de la vigne
Autour d'elle courbés, tels, de lui toujours digne,
Imitez mon refpect.

Nés Citoyens du Ciel, foyez-le de la Terre,
Et craignez de paroître, aux yeux de la mifere,
Des fimulacres vains.

Ne vous repaiffez point de fenfibles phantômes ;

C'eft en étant des Dieux, que vous devez des hommes

    Seconder les deftins.

Envain le meilleur Roi m'offrît-il des richeffes,

Refufer eft répandre, à fon gré, les largeffes

    Du Pere des François.

Puiffe de l'indigent vous honorer l'hommage !

Les cris de fon amour font du Ciel le fuffrage,

    Le triomphe des Rois.

Moi-même, auprès de lui, je faurai vous conduire ;

Lui feul, loin du flatteur, lui feul doit vous inftruire

    Par fon malheureux fort.

Sur l'image du Chrift, fon unique richeffe,

Il a gravé ces mots où parlent la foibleffe,

    La douleur & la mort.

Au nom d'un Dieu fouffrant, envain je parle aux cœurs.

L'air qui m'altére encor, feul eft ma nourriture.

Riche, Vautour heureux, tu me laiffe des pleurs

Pour calmer dans mon cœur les cris de la nature !

Dès mon berceau fur moi quels font tes droits flatteurs ?

Tu les vis en Tyran, je les vis fans murmure.

Ah ! Détourne tes yeux : jouis de mes douleurs,

Et daigne m'épargner les regards d'un parjure.

Hors de ton efclavage, arraché de tes mains ;
Pour ton honneur encor, pour toi feül tu me plains.
Mais, n'eft-ce qu'à ce prix que ton égal dut naître ?

Faut-il être un ingrat, cruel, pour être grand ?
Non, je puis l'être, ô Ciel, en béniffant mon maître ;
Il doit être mon Pere, & je meurs fon Enfant.

Louis, dans tes leçons, tes vertus, ton exemple ;
Vrai Peintre des bons Rois, la France te contemple,
Tandis que tu les fais.

Mais, ce n'eft point affez, pour elle, qu'un modéle
Obfcurci par lui-même ; elle doit voir ton zèle
Déployer fes attraits.

Déja l'heureux Pafteur, forti de fa chaumiere ;
Annonce tes Enfans conduits à la premiere
Des Ecoles des Rois.

Que l'ami d'un bon Roi foit fon œil favorable ;
Qu'il foit, dit-il, l'écho le plus irréprochable
Des fidéles François.

Que, femblable à Henri, d'une main paternelle
Il reçoive le pain qu'un Laboureur fidéle
Ne doit qu'à fes travaux;

Qu'il goûte, parmi nous, la volupté facrée
D'être égal aux mortels dans la paix affurée
Qui charme nos côteaux.

Lorſqu'aux pieds des Autels ce Prince s'humilie,
Dominant dans ſes traits , un Dieu même nous lie
          A ſon cœur bienfaiſant.

Que par lui ſes Enfans inſtruits ſur nos fougeres,
Y cimentent leur trône, & à titre de Peres
          Voyent partout leur rang.

Ah ! Lorſque de Meudon ce Prince débonnaire
Reſpiroit avec nous l'air doux & ſalutaire,
          Après d'affreux dangers ;

Les plaiſirs renaiſſans d'une nouvelle vie,
Animoient notre voix , & la France attendrie
          Parloit par ſes Bergers !

Sur ce mont conſacré nous croyons voir le Trône
S'affermir par les ſoins de celle qu'environne
          L'amour & ſes attraits.

Son Epoux digne d'elle en fut la récompenſe ;
Renaiſſez, ô plaiſirs ! ô charmes de la France !
          Inexprimable paix !

Nos yeux ſont déſillés : la vertu les détrompe ;
La grandeur n'eſt pour eux que ce qu'elle eſt ſans pompe;
          Nous avons vu LOUIS.

Il nous fit oublier ce charmant labyrinthe ;
Dont les nombreux détours, en cachant ſon enceinte ,
          Montrent toujours Paris,

Sur les paifibles bords de la riante Seine
Nous goûtons les plaifirs , fans y fentir la peine ;
  Les coups des envieux.

J'entens Paris gémir fous le faix de fa gloire ;
Louis vient , ce côteau fenfible à fa mémoire ,
  Ne connoît que les jeux.

Ses Enfans vont cueillir ces fleurs qui fans culture
Emaillent au Printemps le pré que la nature
  Fait alors reverdir ,

Parent en lui l'amour des plus fimples bocages ;
Lui payent un tribut digne des premiers âges
  Qui le firent fleurir.

Volez , nobles Epoux, offrir une main tendre ;
Qui ne fait que former , fortifier , étendre
  La chaîne des vertus,

Faire obéir l'honneur au lieu de l'efclavage ;
Et ne former de nœuds que dans le cœur du Sage
  Où vivent les Clitus.

Jofephe de Louis tu couronnes la tête ;
Tu vas réalifer avec lui la conquête
  De l'amour dans Jafon,

Nous montrer que l'amour fait naître l'abondance ;
Que l'aveugle fortune à fon gré récompenfe
  Une tendre union.

       L'écho

L'écho toujours fidéle aux cris de l'allégreffe,

Redouble les accens d'une unanime yvreffe,

En annonçant LOUIS.

En troupes à l'envi les Villes, les Campagnes

Vont offrir à fes yeux jufques fur les montagnes

Leurs tréfors réunis.

Il en fera flatté pour le Peuple qu'il aime,

Sans ceffer de fixer fur l'indigence même

Ses regards les plus doux.

Au milieu des concerts d'une tendre harmonie,

Il paroîtra LOUIS, comme une ombre chérie

Qui tombera fur nous.

CHANT QUATRIEME.

POURQUOI la foible Aurore, en fes feux épuifée,

Ne répand-elle plus, peinte dans la rofée,

Les charmes du Printems?

Peut-elle refufer une douce lumiere

Qui prolonge le cours de la noble carriere

De LOUIS dans nos champs?

LOUIS n'y paroît point. Sur quel heureux augure

L'homme peut-il compter? Hélas! qui le raffure

Sur les traits de la mort?

G

Au plus fenfible efpoir fuccédent les alarmes ;
Louis fouffre , & la Cour dans un torrent de larmes
    S'arrête & plaint fon fort.

Ainfi que les rayons d'un Soleil favorable
Defcendent , en fuyant le voile impénétrable
    Dont fe couvre la nuit ;

Ainfi Louis , fuyant les traces ténébreufes
D'un vain & faux favoir , dans les plus vertueufes
    Meut & s'enfévelit.

Il fent à peine , hélas ! une douleur fecrette ,
Etouffée en fon cœur cette douleur muette
    Ne peut le retenir.

Mais , il l'a brave envain. L'indigence s'agite
Sur nos champs défolés ; le defefpoir l'irrite
    En montrant l'avenir.

O cruel changement ! dans un trifte filence
Louis voit & faifit , à la moindre nuance ,
    Tous les traits de l'amour.

Dans fon fein la douleur & pénétre & reflue ,
infenfible pour lui , fon ame n'eft émue
    Que d'un tendre retour.

Que d'un amour facré les combats font fublimes !
Auprès de fon bûcher j'apperçois des victimes
    Aveugles fur leur fort ;

L'amour plus que le fang les réunit entr'elles ;
Et l'on ignore encor les bleffures mortelles
  Que leur fera la mort.

Oui , je vois les Bourbons immortels pour le Trône ;
Sang pur & légitime à qui la vertu donne
  Des cœurs formés pour lui.

On croit , à leur douleur , les voir fous leurs ruines ;
Comme l'arbre coupé , fans rameaux , fans racines ,
  Succomber fans appui.

LOUIS , tel qu'un flambeau , fe confume lui même.
Son Epoufe & fa Mere à fon ardeur extreme
  Vont réunir leurs feux,

Ainfi la flamme attire une flamme étrangére ;
Et le plus doux zéphir , dans un feu qui l'altére
  Perd fon vol fruétueux.

LOUIS languit , fe plaint. Regrette-t'il l'Empire ?
Eft-ce pour lui , François , ou pour vous qu'il foupire ?
  Demande-t'il des pleurs.

Citoyens , vous dit-il , jamais l'éclat du Trône
Ne me cacha le Ciel , ni les plaifirs que donne
  L'efpoir de fes douceurs.

Dans l'intérêt public , d'une mer orageufe
J'éclairai les écueils. Ah ! qu'elle eft périlleufe
  A la fource des Loix.

J'approche du vrai port où mon ame s'élance ;

Je meurs, & ne me plains que des pleurs de la France

Sur le Fils de ses Rois.

Nul intérêt sur moi ne fait couler vos larmes.

Ah! Prince, c'est ainsi que par de nouveaux charmes

Tu nous les fais verser.

Si c'est peu pour ton cœur d'avoir formé la source

Du bonheur de l'Etat ; au milieu de ta course

Qui ne doit la pleurer?

Tu ne peux nous cacher, nous dérober tes traces,

Comme nous les suivons, lorsque tu les effaces

Par ton humble grandeur ;

De même sur ton front, à nos soupirs en proye,

Nous lisons tous tes maux sous les traits de la joye

Qui voilent ta douleur.

Ministre de la paix, viens, vois triompher l'homme ;

Sous leurs propres débris le zèle qui consomme

Le calme des mourans,

Louis sent dans la paix un divin interprète

Sans lequel l'espérance est aveugle & muette ;

Se confond dans les sens.

On vit Dieu s'incarner en formant son image ;

C'est dans l'homme aujourd'hui qu'il reçoit son hommage ;

Qu'il est notre flambeau :

Naiſſant il dut mourir , la mort eſt notre terme ,
Lui ſeul nous déifie , & ſeul eſt notre germe
      Dans l'ombre du tombeau.

Miniſtre, tu gémis , tu fuis une victime
Qui ſe livre à mort. Viens , que ton Dieu l'anime
      Sur ſon propre bûcher ;

Viens , LOUIS te rappelle , il demande la vie ;
Dans un Dieu qui l'altére & qui le raſſaſie ,
      Son cœur veut s'épancher. .

La mort le laiſſe agir : dans ce péril extrême
Il s'enyvre , à tes yeux , de l'avant goût ſuprême
      De ſon céleſte ſort.

Mais , apprens lui qu'il peut adoucir nos alarmes ,
Satisfaire à nos vœux ; ce n'eſt que par ces charmes
      Qu'il pourra vivre encor.

Répéte lui qu'ainſi que pour la fleur mourante ,
Mais encor attachée à ſa tige vivante ,
      On craint juſqu'aux zéphirs ,

Ainſi de ſon danger craignant l'affreux préſage ,
La France craint encor de ſon cœur le langage ,
      Les céleſtes ſoupirs.

Dis lui que ſon exemple aujourd'hui néceſſaire ,
Commande à tous les cœurs , & de l'orgueil fait taire
      Le ſoufle déteſté.

Que cet orgueil ingrat qui craint d'un Dieu l'empire,
Défefpéré, confus, & s'alarme & foupire,
  Et plaint l'humanité.

Il confent, à ta voix, à faire notre gloire,
A vivre pour donner un prix dans fa mémoire,
  Aux vertus & aux arts.

Approchez défenfeurs du Ciel, de la Patrie,
Vrais amis, il vous voit & fait palir l'envie
  Par fes tendres regards.

Légion qui gémis fous ce Chef magnanime,
Qui ne conduit ton cœur que par le droit fublime
  D'un unanime honneur.

Ferois-tu donc envain refluer, par tendreffe,
Sur toi-même fes maux ? envain de ta trifteffe
  Rempliras-tu ton cœur.

Vous, Confidens affis près de la fource heureufe
Qui coule de fon cœur, votre foif généreufe
  S'étanche à plus longs traits,

Déja vous enlevez le flambeau funéraire
Que préparoit la mort, qui dans l'ombre légére
  Fuit & cache fes traits.

Notre efpoir invincible au plus terrible orage,
Eloigne-t'il de nous le menaçant nuage
  Qui prédit notre deuil ?

Tout parle pour Louis. On demande un miracle;
Il femble que les Cieux en doivent le fpectacle,
  Lui feul voit fon cercueil.

Du Ciel, pour quelque tems, plein d'une flamme fainte,
Son cœur ne s'arracha que par la feule crainte
  De manquer au François,

Modéra fes tranfports, pour fonder dans Dieu même,
Aux douceurs de fa paix, fi fon féjour fuprême
  Devoit fixer fon choix.

Mais fon cœur altéré fur la fource féconde
Qui tarit en ces lieux, ne voit plus dans ce monde
  Qu'un aride défert.

Ah! ne m'arrachez plus, dit-il, à mes délices,
Et foyez fatisfaits des derniers facrifices
  D'un cœur qui vous eft cher.

Mille fiécles coulés fur le plus brillant Trône,
Sont des fiécles de mort auprès de la couronne
  Que m'offre mon efpoir.

O mon Pere! ô mon Roi! Que mes Enfans auguftes
Payent, à ton amour, les tributs les plus juftes
  Que je fais te devoir.

Que toujours réuni dans ta main ton Empire,
Sans divifer ton cœur, comme fans fe détruire,
  Suive à l'envi tes Loix.

Qu'au gré de tes defirs ta main modératrice ;

Dans les Ordres facrés qu'entretient la Juftice,

 Faffe chérir ta voix.

Quélle paix en Louis ! quel triomphe ! il expire

En conjurant le Ciel de cimenter l'Empire

 De fes graces fur nous.

Tous les nœuds naturels font les nœuds de fon zèle ;

De fon ardent amour la derniere étincelle

 L'annonce tout à tous.

Mais , le Ciel eft vainqueur. Oui , l'Ange de la France ,

Son Roi dans fes bons Rois , fa plus douce efpérance

 Dans fes calamités ,

Embraffe fon cher Fils , en lui montrant le Trône ,

Où lui-même autrefois rechercha la couronne

 Des pures volouptés.

Tu voulus m'imiter , lui dit ce tendre Pere ,

C'en eft affez , mon Fils , pour que tu fois mon Frere ;

 Pour régner avec moi ,

Viens recevoir le prix que le Ciel te difpenfe ;

Viens , & reçois en lui ta jufte récompenfe ,

 La couronne d'un Roi.

O triomphe facré d'une noble victime ,

Dont le cœur immortel fe nourrit & s'anime

 Dans le plus divin feu ,

Et

Et femblable à l'encens offert par la juſtice ;

S'éleve tout entier de ce terreſtre hoſpice

  Au Trône de fon Dieu !

Mais, quelle eſt mon erreur ? Je retrace une image

Sur laquelle Joſephe & ſuccombe, & partage

  Le voile de la mort.

Le tombeau de LOUIS , aux cris de fon Epoufe ;

S'entr'ouvre , elle y pénétre , & leur flamme jaloufe

  Y prend un même eſſor.

O Ciel! je nourriſſois une foible eſpérance ;

Envain le calme heureux qui conſoloit la France ;

  En Joſephe étoit peint.

Que la mort a de droits fur un cœur magnanime !

Il enfonce lui-même & trouve légitime

  La fléche qui l'atteint.

Qui vit dans fes Enfans , fur leur berceau commence

A mourir avec eux , fans qu'aucune influence

  Puiſſe l'en détacher.

Qui vit dans des Enfans dont les vertus célébres

Rempliſſent tous fes vœux , fur leurs cyprès funébres

  Sent leur fouche fécher.

Ainſi , mais moins heureufe en fes Enfans auguſtes ,

Une nouvelle Blanche , en eux voyant des juſtes ,

  La dépouille en fon fein

Vit dans ceux qu'elle y voit verfer encor leurs larmes.

Ah ! puiffent-ils lui faire éprouver tous leurs charmes
Sous un plus doux deftin.

Mais , vous brifez fon cœur , & elle vous éloigne.
Enfans, ô quel amour , fon amour vous témoigne
Par cet éloignement.

Ah ! vous croyez marcher fur là brulante cendre
Que fait pleuvoir la mort, & vous croyez entendre
Son affreux fiflement.

Hélas ! où fuyez-vous dans cette nuit obfcure ;
Trois fois bannis de feins ouverts par la nature
Et le plus tendre amour ?

Vous n'êtes point abfens de ces lieux de trifteffe;
Et le pouvoir d'un Roi , puifé dans fa tendreffe ,
Confole ce féjour.

Lavauguion vous conduit , foutenu par fon zèle ;
En Gouverneur fujet , comme en ami fidéle
Sent plus que vos douleurs.

Que de vrais Citoyens, que d'amis vous entourent;
De Louis avec eux à l'envi vous fecourent
Les magnanimes Sœurs.

Un Neftor accablé vient & répand des larmes :
Plus grand par fes confeils , que par le fort des armes ;
Il pleure fon malheur.

Sa Fille le foutient , appui de fa vieilléffe,
Elle va partager celui de fa fageffe ,

Et calmer sa douleur.

Mais, hélas ! revêtu par sa main filiale
Staniflas est atteint d'une flamme fatale
  Qui lui donne la mort.

Pour Leczinski quels coups ! quand un seul peut suffire
Pour la sacrifier ! ah son cœur se déchire,
  Craint son plus doux support !

Que peux-tu, tendre Epoux ? de celle qui t'adore
La vive ardeur ressemble au léger météore
  Qui brille dans la nuit,

Qui s'éleve, s'accroît, se dissipe dans l'ombre,
Sans pouvoir retrouver dans la nuit la plus sombre
  Le repos qui le fuit.

Lamothe * dont la vie est le constant miracle
Du Ciel qui l'a rendu parmi nous son oracle,
  Vers elle est envoyé.

Il admire à la Cour l'ardeur du Sanctuaire;
Sa reine est consolée, il fait la satisfaire,
  Du Ciel seul appuyé.

Toi, grand Roi, tu te plais à flatter la puissance
Qu'elle reçoit de toi. De ses mains l'innocence
  Prend un nouvel essor.

L'hospice qu'elle éleve à son sexe fidéle
Affoiblit sur son sein, ranimé par son zéle,

* Mr. l'Evêque d'Amiens.

Le foufle de la mort.

Réunis cet hofpice à la foule innombrable ;
Qui bénit en fecret cette main fecourable,
    Qu'elle ne connoît pas.

Cette main toujours chere à d'illuftres Suivantes ;
Par le fceptre de paix que fes vertus touchantes
    Portent jufqu'au trépas.

Il prit un cœur humain pour nous le faire entendre;
En y cherchant la vie, elle l'a fçu comprendre,
    Elle a fçu nous l'ouvrir.

Par elle en lui rentrés héritiers de fa gloire ;
Puiffions-nous dans fon culte, en apprenant à croire ;
    Apprendre à le fléchir.

C'eft dans le cœur du Chrift que fait parler le notre ;
C'eft-là que la priere en nous forme un Apôtre,
    Un cœur digne du Ciel.

Elle y fort du néant, fent le plaifir de naître.
Dans les fruits qu'elle cueille, elle apperçoit fon maître ;
    Et fixe fon foleil.

Mais, Grand Dieu qui reçois d'un cœur le facrifice ;
Lorfque par toi, victime à lui-même propice,
    Il s'unit à ton fang.

Le Roi t'implore envain pour l'Etat, pour lui-même ;
Te demande en Epoux dans l'Epoufe qui l'aime
    Un triomphe éclatant.

Leczinski, loin du Trône, eft digne de fon Pere;
Il n'a que des vertus, elle en eft héritiére,
    Charme le plus grand Roi ;

Mais la mort lui ravit, fans changer fon courage;
Son Pere & fes Enfans, Leczinski rend hommage
    Elle-même à fa Loi.

Son Epoux ne peut plus élever, fur fon Trône,
Cette Epoufe qu'encor fon noble cœur couronne.
    Elle fort de fes bras.

Parcourant les Autels, les tombeaux qu'elle embraffe;
Auprès de ces tombeaux elle choifit fa place,
    Et trouve le trépas.

Le fceau le plus divin qui diftingue nos ames;
Eft la compaffion. Ciel, tu formes fes flammes,
    Elles te font gémir.

Ah ! Puiffe-t-elle enfin diffiper ton tonnerre;
Et faire fuccéder, aux jours de ta colere,
    Un plus doux avenir.

Le Soleil quelquefois nous cache fon image;
Nous laiffe refpirer, à l'abri d'un nuage,
    Une douce chaleur.

Quoi, l'amour fera-t'il, par l'excès de fa flamme;
Le Tyran des Bourbons, en embrafaht leur ame,
    Et n'en faifant qu'un cœur ?

O mort ! vois à quel prix ta rage te couronne ;

J'entens avec horreur les rives de l'Yonne
Retentir de ton nom.

De la coupe où tu fens fecrétement répandre
Ton haleine mortelle, ah l'amour le plus tendre
Conferve le poifon!

Mais, qu'entens-je? la mort, la mort paroît fenfible;
Un Pontife en fon fein long-tems incorruptible
Fait entendre fa voix. *

Il parut partager la douleur de la France,
Et béniffant LOUIS, mourir en fa préfence
Pour la feconde fois.

Vous l'entendez, François, ce Pontife lui-même;
Modérez, vous dit-il, votre trifteffe extrême;
Refpectez ce tombeau.

Souveraine en ces lieux, d'une triple couronne
La vertu ceint fon front & éleve fon trône
Sur fon propre berceau.

Refpectez, adorez l'arrêt inviolable
Qui condamne vos pleurs, en déclarant coupable
L'excès de vos foupirs.

Refpectez, adorez le bras de la nature,
Maître de varier fes faifons, fa parure,
Vos biens & vos plaifirs.

De ceux que vous pleurez le cœur vers vous s'incline;

* Gautier Cornu, Archevêque de Sens, mort en 1241.

La vertu ne peut point cesser d'être divine ;
En sortant de ces lieux.

Des trésors du Sauveur , de lui-même héritiére ;
Par un droit plus sacré sa puissance est de faire
Pour vous les mêmes vœux.

Accrue au sein de Dieu la source de la grace ;
De parens vertueux, dans vos Princes retrace
Les tableaux toujours chers.

Plus vive, elle promet par sa pente nouvelle
De cultiver encor , dans la France fidéle ,
L'esprit de l'Univers.

Du tableau de la mort nourrissant son enfance ;
Votre Dauphin s'occupe en l'utile préfence
D'un Pere qui le chérit.

Imprimant ses écrits dans le fond de son ame ;
Il croit l'entendre encor, il l'écoute , s'enflamme ;
Et reçoit son esprit.

Sous les traits de la mort chériffant son exemple ;
A ses yeux s'ouvrira le véritable temple,
Où les Rois demi-Dieux

Sentent que sur le Trône est le bonheur suprême ;
Le pouvoir enchanteur de le créer lui-même
En leur peuple & en eux.

Ses Freres , de l'Etat les ornemens auguftes ;
Seront à ces côtés les remparts les plus juftes

Du Trône de la Foi.

Le Ciel va prolonger les beaux jours de leur Pere ;
Et fe plaire à le voir leur rouvrir la carriere
D'un Sujet & d'un Roi.

Ne confultez, François , aujourd'hui d'autre augure ;
Que celui qui promet dans une fource pure
De nouvelles douceurs;

Que celui qui promet au Fils les dons du Pere ;
Nourrit dans les Bourbons le germe héréditaire
Qui féconde les cœurs.

De ce germe les fruits , fous des afpects propices ;
Croiffent dans des Enfans qui feront les délices
De l'Etat ranimé.

Vous, des nœuds des vertus confacrant la mémoire ;
Méritez, à ce prix, de voir croître la gloire
D'un nom toujours aimé.

F I N.

J'Ai lu , par l'ordre de Monfeigneur le Vice-Chancelier, le
Manufcrit qui a pour titre : Les Victimes de l'Amour vertueux , &c. & je n'y ai rien trouvé qui doive en empêcher l'Im-
preffion. Donné à Paris le cinq d'Août 1768.

PHILIPPE DE PRÉTOT.